CW01456478

Retiré des collections

© 2009, l'école des loisirs, Paris
Loi n° 49.956 du 16 juillet 1949 sur les publications
destinées à la jeunesse : mars 2009
Dépôt légal : mars 2009
Imprimé en France par Mame Imprimeurs à Tours

ISBN 978-2-211-09177-0

Martin Page

Conversation avec un gâteau au chocolat

Illustrations d'Aude Picault

Bibliothèque municipale
Les Houches
1er R
PAG
J

Mouche
l'école des loisirs

11, rue de Sèvres, Paris 6e

Mes parents ont quitté la maison pendant mon dîner d'anniversaire. Ils sont pompiers, alors, en cas d'alarme, ils partent sans perdre un instant et abandonnent tout (bain, rasage, séance de cinéma, partie d'échecs, préparation du repas, sommeil).

En plus d'éteindre les feux, mes parents ont d'autres missions : ils vont chercher les chats perchés dans les arbres, font des massages cardiaques, sauvent les noyés et donnent les premiers soins aux victimes d'accidents. Mon père conduit le camion, ma mère est spécialiste de la lance à incendie et de la hache. J'aimerais bien que les gens qui mettent le feu à une maison (ainsi que les vieux dont le cœur lâche et les chats qui grimpent aux arbres) évitent de le faire pendant les heures des repas ou lorsque ma mère me raconte une histoire. Ça serait sympa.

Quand mes parents ne sont pas là, je lis, je vais sur Internet, je travaille et, surtout, je m'ennuie. Je suis en train de devenir un spécialiste mondial de l'ennui. Mes parents ne veulent pas que j'adopte un animal domestique pour me tenir compagnie. J'espère les convaincre un jour. En attendant, je mets les restes de viande des repas dans de petits sachets en plastique et je les dépose dans le congélateur. Comme ça, quand je serai enfin autorisé à avoir un animal domestique, il aura de quoi manger pendant un moment.

Ce soir, après avoir revêtu leur uniforme, mes parents m'ont dit de ne pas les attendre pour souffler les bougies et manger le gâteau (s'ils ne rentraient pas rapidement, j'étais même autorisé à emballer mes cadeaux cachés sous leur lit et à les déballer ensuite). Quand ils sont sortis de la maison, on sentait l'odeur de brûlé ; au loin, les flammes pointaient dans le ciel noir de la nuit.

J'ai ouvert le réfrigérateur. Le gâteau était dans sa boîte. Une belle boîte rouge avec des étoiles dorées. J'avais demandé un gâteau au chocolat concentré en chocolat, lourd et compact. Le secret est

de ne pas ajouter de farine (je crois
que les pâtissiers ont un attachement
sentimental à la farine ; quand on leur

demande de ne pas en mettre dans un gâteau au chocolat, ils deviennent tristes. Mais je n'y peux rien : c'est meilleur comme ça). Pour me faire plaisir, mes parents m'avaient proposé de le préparer eux-mêmes. Ils sont très doués pour les gâteaux, le problème, c'est qu'ils sont incapables de ne pas les laisser brûler. Je n'avais pas envie de manger du charbon. Mes parents n'aiment pas les pâtisseries (ce qui n'est pas normal, peut-être le signe d'un grave problème de santé ; j'ai écrit une lettre à leur médecin à ce sujet — lettre restée sans réponse), alors ils ont acheté un petit gâteau pour moi tout seul.

J'ai débarrassé la table, emballé les restes de nourriture, jeté les détritus à la poubelle, mis de côté un petit bout de viande pour mon futur animal domestique. J'ai posé la boîte sur la nappe blanche de la table de la salle à manger. J'ai mis un disque de chansons d'anniversaire et j'ai baissé la lumière. Mais l'ambiance s'est révélée déprimante ; c'était très éloigné de la fête que j'espérais. Le cœur lourd, les larmes au bord des yeux, j'ai sorti le gâteau de sa boîte.

Il était magnifique. Mes parents ne me manquaient presque plus. Ce gâteau resplendissant, comme entouré d'une aura magique, m'a rendu instantanément heureux. Il me semblait qu'il avait le pouvoir d'instaurer la paix dans le monde, de guérir les malades et d'arrêter le réchauffement climatique. J'étais très enthousiaste.

J'ai pris le couteau et je l'ai pointé vers la croûte noire.

– Qu'est-ce que tu fais ? a dit une voix.

Je me suis tourné vers la plante du salon. Ma mère la nourrit avec des engrais assez spéciaux, alors peut-être avait-elle fini par muter et était-elle devenue une plante parlante. Je me suis approché et je l'ai secouée. Non, ce n'était pas elle. J'ai regardé autour de moi. J'ai arrêté le disque de chansons d'anniversaire. Il n'y avait personne. Une nouvelle fois, j'ai avancé le couteau vers le gâteau au chocolat.

– Hé, tu vas me piquer avec ce couteau.

On s'adressait à moi. Je n'avais pas rêvé. J'ai levé les yeux au plafond.

– Il y a quelqu'un ?

Je commençais à avoir peur. Peut-être un cambrioleur s'était-il introduit dans la maison. Ma mère rangeait une hache dans le placard de la salle de bains, je pouvais me précipiter et la prendre pour me défendre.

– Bien sûr, idiot.

J'ai baissé les yeux vers la table : la voix était rauque et elle venait du gâteau. Il s'adressait à moi. J'étais à la fois effrayé et curieux. Je me suis écarté de la table.

— Tu parles ?

— Tu es sourd ou quoi ? Oui, je parle.

Une seule conclusion possible : j'étais devenu fou.

Mes parents allaient paniquer quand je leur annoncerais la nouvelle. Ils sont du genre stressés ; ils font un drame chaque fois que j'ai une mauvaise note. Je n'osais pas penser à leur réaction bruyante, larmoyante et tragique quand je leur dirais que j'avais un problème psychiatrique. Je m'imaginais enfermé toute ma vie avec pour compagnons des fous de toute sorte. J'espérais que, dans

l'hôpital psychiatrique, je serais autorisé à avoir un animal domestique. Ou au moins un animal domestique imaginaire. Ce serait le point positif de la situation.

— C'est peut-être moi qui suis fou, a dit le gâteau. Qu'est-ce que tu es égocentrique !

— Je dois rêver, oui, c'est ça : je dois rêver.

— Malheureusement non, ce n'est pas un rêve : tu essayes vraiment de m'assassiner. Au secours !

Le gâteau s'est mis à crier avec sa voix insupportable. Il allait réveiller tout le quartier. J'ai fermé la fenêtre du salon.

— Chut, les voisins vont venir.

— Tant mieux : ils appelleront la police.

— Je ne veux pas te tuer, je veux te manger.

Je pensais à mes empreintes digitales sur le couteau. Est-ce que je devais les effacer ? C'était absurde. La police n'allait pas débarquer. Manger un gâteau n'est pas un crime.

— Me manger, c'est me tuer. Assassin ! Assassin !

— Ne crie plus, je t'en supplie.

J'ai cherché sa bouche pour mettre ma main devant et le faire taire. Mais il n'en avait pas. La voix sortait de tout le gâteau, pas d'un endroit en particulier.

— Alors pose ton couteau.

J'ai posé le couteau. Ma main tremblait.

— Et jure-moi que tu ne me mangeras pas.

La situation se compliquait. Il me demandait un grand sacrifice. Il n'y avait pas beaucoup de choses positives dans ma vie, je comptais sur ce gâteau d'anniversaire pour me remonter le moral.

— Mes parents t'ont acheté pour mon anniversaire.

– C'est ton anniversaire ?

– Oui.

– *Joyeux anniversaire, joyeux anniversaire, joyeux anniversaire !*

Le gâteau chantait. C'était horripilant, davantage encore que le disque de chansons d'anniversaire. J'ai repris le couteau. J'avais envie de le poignarder, de lui donner de grands coups pour qu'il se taise.

– J'adore les fêtes d'anniversaire, a dit le gâteau. Je n'y suis jamais allé, mais il paraît que c'est fantastique. Où sont les invités ?

– Mes parents sont partis au travail.

Personne n'avait voulu venir à mon dîner. Je ne sais pas pourquoi. Je croyais être un garçon gentil. J'avais même dit à mes camarades d'école qu'ils pourraient venir avec leurs animaux domestiques, réels ou imaginaires, et avec leurs plantes d'appartement (pour les présenter à celle de ma mère).

— Oh, c'est nul.

— Ils sont pompiers. Ils n'ont pas le choix.

— Ta fête n'est pas terrible.

— Avant que tu commences à jacasser, elle était parfaite. J'allais manger un gâteau au chocolat.

— Tu allais commettre un meurtre, espèce de monstre. Est-ce ainsi que l'on fête les anniversaires de nos jours ? En massacrant des innocents ?

Ce gâteau m'énervait. Je ne pouvais pas le manger, et en plus il était désagréable. Je n'ai jamais fait de mal à personne. Je ne suis pas un criminel. À l'école, j'étais un des rares à ne pas tuer de fourmis. Je les aidais même à organiser leur évasion de la cour de récréation (en construisant des tunnels, en détournant l'attention de mes camarades pour qu'elles aient le temps de se glisser sous la clôture, en les entraînant à la course).

— Bon, on fait quoi ? a demandé le gâteau.

— Je ne sais pas.

— Tu as eu des cadeaux ?

— Pas encore. Ce sont mes parents qui me les donnent. Après que j'ai mangé le gâteau.

— Si tu crois que tu vas me manger, tu rêves.

Son arrogance me déplaisait. Je n'aime pas ceux qui sont trop sûrs d'eux. J'avais envie de lui donner une leçon.

– Tu penses m'en empêcher ?

– Je vais me débattre et te donner des coups.

– Ah oui ? Et comment ? Tu n'as pas de poings.

– Tu vas voir.

Le gâteau a essayé de bouger. Il a grogné, gémi, soufflé ; il s'est concentré. Il a mis toute son énergie à contribution. Mais sa croûte ne bougea pas d'un pouce. Il soupira.

– Tu as raison. Je suis incapable de me battre.

Sa voix était triste. Il me faisait pitié.

– Je ne te veux pas de mal, l'ai-je rassuré.

– Tu veux me manger !

– Mais tu sers à ça. Tu es fait pour être mangé.

— Je ne veux pas. Je veux faire autre chose de ma vie. Je veux devenir pilote d'avions.

Finalement, c'est le gâteau qui était fou. Je me demandais si l'hôpital psychiatrique voudrait bien de lui. J'ai tenté de le raisonner :

— Il faut des diplômes.

— C'est injuste. Je ne suis pas allé à l'école, moi. Mon destin est tracé d'avance.

— Au moins, tu as rêvé de devenir pilote d'avions. Tu es le seul gâteau au chocolat à avoir désiré faire autre chose de sa vie.

— Et alors ? a-t-il grogné.

— Tu es exceptionnel : tu parles.

— Ça me sert à quoi ? À crier mon désespoir ?

Je me suis approché de lui et je l'ai caressé. Sa croûte noire était appétissante.

— Pourquoi me caresses-tu ? Tu me prends pour un chat ?

— Je pensais que tu pourrais devenir mon animal domestique. Mes parents refusent que j'aie un chat ou un chien. Toi, ils t'accepteraient.

— Tu es complètement idiot.

— On se baladerait ensemble. On irait au parc, on ferait de la barque.

— Ah non ! Tu veux que j'attrape froid ?

— On pourrait jouer ensemble.

— Je déteste jouer.

J'essayais de trouver des solutions, mais le gâteau ne m'aidait pas. Quoi que je fasse, quoi que je dise, j'avais tort.

— Qu'est-ce que tu veux, alors ? lui ai-je demandé.

— Toi, tu pourrais être mon animal domestique.

Je n'ai pas pu m'empêcher de rire.

— Je suis un être humain.

— Et alors, ça fait de toi mon supérieur ?

Le gâteau était blessé. Je comprenais sa détresse et sa solitude. J'imaginais ma terreur si, moi, je m'étais réveillé au

royaume des gâteaux au chocolat. Il
était seul de son espèce dans un monde
étrange. Je devais être gentil. Il était
perdu et affolé.

— Je suis désolé si j'ai été maladroit,
lui ai-je dit.

— C'est vrai ?

— Oui, je ne voulais pas te vexer.

— Après tout, tu as raison : je ne suis
qu'un gâteau au chocolat.

— Mais tu es le plus beau que j'aie vu.

— Oh, merci, a-t-il dit, un sourire dans la voix. Je suis désolé d'être désagréable, mais mon avenir n'est guère amusant. Voyons la vérité en face : si tu ne me manges pas, je vais moisir. Il n'y aurait rien de plus triste que de voir mon corps se couvrir de pourriture. Et l'odeur serait atroce. (Il s'est tu, ému ; il a repris avec une voix plus joyeuse.) Aujourd'hui, je sens le chocolat, l'odeur est délicieuse, tout le monde m'envie. Je ne supporterais pas de sentir le moisi.

— J'ai déjà vu un gâteau moisi, c'est un spectacle traumatisant.

Après un moment de réflexion, d'une voix solennelle, le gâteau m'a dit :

— Il n'y a pas d'autre solution, tu dois me manger.

— Je me suis attaché à toi, je ne veux plus te manger.

Je remuais la tête et les mains pour bien signifier que je ne ferais pas une chose pareille.

— Mange-moi !

— Non ! Hors de question.

Je n'avais jamais mangé quelque chose qui me parlait, pour qui je m'étais pris d'affection.

— Je t'en supplie. Je ne veux pas devenir un truc moisi rongé par les vers. Tu n'es pas beau, mais tu es quand même moins laid qu'un ver. Je préfère être mangé par toi.

Son raisonnement était convaincant. Il n'y avait pas d'autre solution. À contrecœur, j'ai repris le couteau. Le gâteau a crié.

— Arrête ! Les armes blanches me font peur. Et puis, je suis tout petit, tu peux me manger sans me découper.

Il avait raison. Je pouvais le prendre en main et croquer dedans.

— Mais d'abord, je te prie de te laver les dents. Je veux être croqué par des canines, des molaires et des incisives propres et blanches. Il est hors de question que du tartre ou des bactéries me touchent. En plus, tu dois avoir l'haleine chargée de tout ce que tu as mangé avant d'arriver au dessert.

L'exigence me paraissait justifiée. J'avais mangé du poulet et des frites, je comprenais que le gâteau au chocolat ne veuille pas en trouver de traces. Je suis allé me laver les dents. Je n'ai jamais mis autant de soin à les brosser. J'ai passé du fil dentaire et je me suis rincé la bouche plusieurs fois. Quand je suis revenu dans la salle à manger, le gâteau m'a informé de son souhait d'avoir une (et une seule) bougie posée en son centre.

– C'est très chic, a-t-il dit. C'est comme porter une couronne. Comme si j'étais le roi des gâteaux au chocolat. Le roi des gâteaux au chocolat !

Mon père avait préparé le nombre exact de bougies correspondant à mon âge. J'en ai prélevé une. Je l'ai posée au milieu du gâteau et je l'ai allumée. Je sentais qu'il était heureux et fier. Il a soupiré de satisfaction.

– Et un peu de musique. Mais pas ton horrible disque d'anniversaire.

– Qu'est-ce que tu veux écouter ?

– J'aime Schubert.

J'ai trouvé plusieurs disques de
Schubert dans la discothèque de mes
parents. Je les ai présentés au gâteau. Il
a trouvé les interprétations mauvaises,

mais un quatuor lui a agréé. Il a fredonné l'air.

— Mon Dieu, a-t-il dit, affolé, je suis en train de rassir. Je sens mon moelleux se durcir. Tu dois me manger sans tarder.

— Si c'est ce que tu veux, alors… d'accord.

— Tu te souviendras de moi, hein ?

— Je me souviendrai de toi. Je te le jure.

— Que toutes les calories que je porte en moi te donnent de l'énergie pour faire des choses extraordinaires. Je ne veux pas avoir été sacrifié en vain.

Je lui ai promis que ses calories et son fort taux de magnésium serviraient un grand projet et que je conserverais toujours en moi la mémoire de son exquise saveur. Avec toute la douceur et la tendresse dont j'étais capable, j'ai mordu dedans.

— Tu me chatouilles, a dit le gâteau en rigolant tandis que j'arrachais une bonne bouchée.

Il était délicieux, chocolaté, sucré, onctueux. Il possédait un goût original et délicat, que je n'avais jamais rencontré ailleurs. Au moment où je prenais la dernière bouchée, alors que ma langue et mes dents le déchiraient tendrement, je l'ai entendu murmurer : « Adieu. » Sa voix a résonné dans mon crâne pendant un moment. Je gardais sa saveur sur mon palais et sur mes lèvres.

J'ai refermé la boîte. J'étais ému et en même temps je me sentais plein de force. Le gâteau au chocolat continuait de vivre en moi. Je suis sorti dans le jardin, la boîte sous le bras, et je l'ai enterré près de la clôture et d'un rosier, dans un coin tranquille. La tombe est discrète, on dirait un petit talus.

Mes parents sont rentrés un peu plus tard, couverts de cendre et en sueur. Je ne leur ai pas raconté l'étrange histoire qui venait de m'arriver. Ils m'ont donné mes cadeaux et, même si j'avais la tête ailleurs, nous avons fêté mon anniversaire.

Désormais, c'est ici que je viens me recueillir quand je me sens seul. À chacun de mes anniversaires, j'allume une bougie sur la tombe. Je parle au gâteau au chocolat, car je sais que d'une certaine manière son esprit est toujours là. Je lui raconte ce qui va et ce qui ne va pas dans ma vie, et je lui demande conseil. Il ne répond pas, bien sûr, mais le vent qui fait bouger la flamme de la bougie me montre qu'il m'adresse un signe. Puis, quand j'ai fini de parler, alors que la lune brille dans le ciel, mes genoux mouillés par la terre, je pose mes mains des deux côtés de la sépulture et, avec douceur, je souffle la bougie.